A

D'ACTUALITÉ

ET AUTRES POÉSIES DIVERSES

Par M. ***

« Castigat ridendo mores! »

PARIS

JULES CLAYE, IMPRIMEUR

RUE SAINT-BENOIT

1873

FABLES D'ACTUALITÉ

ET AUTRES

POÉSIES DIVERSES

FABLES

D'ACTUALITÉ

ET AUTRES POÉSIES DIVERSES

Par M. ***

« Castigat ridendo mores! »

PARIS
JULES CLAYE, IMPRIMEUR
RUE SAINT-BENOIT

1873

DERNIÈRE PENSÉE

DE MON GRAND-PÈRE.

Caveant consules!

« Je remercie la Providence de m'avoir fait vivre « assez longtemps pour voir rentrer en France la « famille des Bourbons, pour laquelle j'ai conservé le « culte et le dévouement d'un fidèle serviteur. C'est « un dernier hommage que je rends à la cause de « l'autorité légitime que j'ai servie et constamment « respectée!... Dieu soit loué! je puis maintenant « mourir en paix et sans regrets! [1] »

Voilà comment finissaient ces royalistes éprouvés

1. M. de L..., mon grand-père, qui a écrit ces lignes, est décédé le 1er mars 1815, dans les premiers temps de la Restauration. Il avait servi avant la révolution comme officier dans la maison du roi.

qui avaient pour devise : Dieu et mon roi, et pour mobile : la délicatesse et l'honneur ! Aimant leur pays par conviction, et n'ayant aucune espèce d'ambition personnelle, leur rôle était facile à remplir, car ils faisaient, pour ainsi dire, cause commune avec la royauté, et leur objectif était le roi, toujours le roi. Quelle noble abnégation et quel dévouement sublime, si on voulait les comparer avec cet égoïsme éhonté et cette indifférence coupable qui font le malheur de notre époque et qui menacent d'envahir et d'engloutir la société tout entière !

Laissons là le domaine des utopies malsaines pour nous transporter sur le terrain pratique du bon sens et de l'histoire, où nous pourrons peut-être mieux nous entendre. Voilà quatre-vingts ans et plus que, jeté à la côte par un ouragan furieux qui a détruit la royauté en France, le vaisseau de l'État, démembré, n'ayant plus ni lest ni boussole, se mit à errer de plage en plage à la recherche du meilleur des gouvernements possible. Qu'a-t-il découvert dans cette *Babel politique* où l'on parle toutes les langues sans pouvoir se faire entendre ? *Quelques institutions sans lendemain*, improvisées par des hommes audacieux, et qui n'offraient en réalité aucune garantie de durée et de viabilité pour en faire un établissement définitif. Ce fut d'abord le gouvernement de 1830 qui, *né de l'émeute, est tombé par l'émeute;* il avait proclamé en principe que *l'insurrection est le plus saint des devoirs*, et qui l'a sanctionné depuis en érigeant en l'honneur de la révolution la colonne de la Bastille. Vint ensuite la république de 1848; qu'en reste-t-il ? Aujourd'hui, rien, sinon le souvenir *des 45 centimes, des ateliers nationaux et des journées de juin.* Espérons que celle de 1871 endossera un jour devant l'histoire la responsabilité des horribles massacres de la Commune et des incendies des monuments de Paris, qui ont été en partie son œuvre. Quant au second empire *qui devait être la paix*, il fut une suite continuelle de guerres désastreuses pour la France. A cette époque l'Europe nous suivait d'un œil attentif et ne nous aimait pas. Aussi lorsqu'il fallut discuter les conditions d'un traité inexorable, la République ne trouva-t-elle d'appui nulle part; et quand l'un de ses plus éloquents défenseurs, M. Jules Favre, vint prier et supplier en pleurant M. de Bismarck de se montrer généreux envers nous, il ne put obtenir de lui ni *un pouce de terrain ni un sou de réduction* sur l'énorme indemnité de guerre qu'il avait imposée à la France. C'est qu'aux yeux de l'Europe, indifférente à nos malheurs, nous étions encore, quoique vaincus et humiliés, un sujet d'inquiétude et d'alarmes avec *nos immortels principes de 1789.* Athéniens par notre caractère léger et frondeur autant que par notre esprit aventureux, nous sommes en ce moment comme ces fils de famille qui, pressurés par des usuriers et dissipant leur patrimoine par avance, se sont mis dans le cas d'être pourvus d'un conseil judiciaire, afin d'éviter une ruine complète. Trop de gens, d'ailleurs, se sont mêlés jusqu'à ce jour des affaires de la France ; ce qu'il nous faut aujourd'hui c'est un roi, sage et prudent, qui, muni de bons agrès et entouré de solides et habiles pilotes, conduise le vaisseau de l'État dans un port où il soit à l'abri des tempêtes et des naufrages. Sans doute, à propos de la royauté, l'opposition radicale, dans un but de popularité bien facile à comprendre, ne manquera pas d'évoquer le fameux fantôme du retour *de la dîme, des corvées et autres droits féodaux*; quoiqu'elle sache parfaitement bien qu'ils sont depuis longtemps morts et enterrés et que nulle puissance au monde ne peut les retirer de leurs tombes. Mais devant ces masses brutes et ignorantes que M. Thiers appelle *la vile multitude,* et qui sont par le fait les meilleurs soutiens du républicanisme, il faut se servir d'un langage plus imagé et crier bien haut surtout que le *règne des cléricaux* est passé et qu'il ne reviendra plus.

Cinquante-huit ans nous séparent de 1815, revenons-y pour notre édification, car nous nous retrouvons pour ainsi dire en face des mêmes événements. C'est la chute du premier empire amenée par des désastres sans nom, et suivie de l'invasion étrangère, moins pourtant la république. Grâce à l'intervention de Louis XVIII, et des princes de sa famille, et aux démarches actives de M. le duc de Richelieu, son premier ministre, les conditions de la paix furent alors très-modérées; malgré les efforts réitérés de la Prusse qui déjà demandait à cor et à cri l'Alsace. Ce fut à la haute influence de l'empereur Alexandre, qui se montra grand et magnanime pour la France, que nous dûmes la conservation intégrale de notre territoire et celle de tous nos monuments publics. Sauf les débris de l'armée qui regrettèrent l'empire, toutes les populations des villes et des campagnes qui avaient eu beaucoup à souffrir de la guerre et qui n'en voulaient plus, accueillirent avec joie et enthousiasme le retour des Bourbons qui leur ramenaient la paix. « Avec eux, leur disait-on, les mères n'auront plus à gémir ni à pleurer sur le sort de leurs enfants. C'est un gouvernement paternel et patriarcal qu'on vous impose ! Ayez confiance... » C'était une fraternité touchante et de bon aloi qui tirait des larmes et remplissait les cœurs de joie et d'espérance, comme tout ce qui est vrai, grand et généreux.

Après tant de vicissitudes et d'essais infructueux, on dit (et nous le croyons) que la France, mieux éclairée sur ses véritables intérêts, veut revenir au principe de la monarchie héréditaire. Or, vouloir c'est pouvoir. Il faut donc que les conservateurs se réveillent sans plus tarder de leur sommeil léthargique ; et qu'après avoir nettoyé *les étables d'Augias,* ils chassent impitoyablement *du temple* tous ces vendeurs à faux poids d'*orviétan politique,* qui devaient, disaient-ils, *régénérer la société,* et qui n'ont fait, hélas ! qu'empoisonner les esprits avec leurs doctrines subversives et anarchistes. De tels hommes, aussi pervers que coupables, doivent nécessairement recevoir devant le tribunal de l'opinion publique, qu'ils ont outragée, le châtiment de leurs crimes. Jetons-leur donc à la face la honte et le mépris qu'ils méritent, avant qu'ils rentrent pour toujours dans leur fatale obscurité ! Non, nous ne voulons plus entendre parler de cette fraternité *de Caïn*, de cette liberté qui n'est autre que le droit *à la licence*, de cette égalité ridicule qui ressemble à celle des cinq doigts de la main, et dont ils savaient si bien se prévaloir quand il s'agissait de se poser ou comme étant les égaux de leurs supérieurs, ou plus modestement les supérieurs de leurs égaux. C'était assimiler les coquins aux honnêtes gens et les imbéciles aux hommes de talent, mais cela leur importait peu. Aujourd'hui que nous sommes profondément tourmentés de l'avenir de la France, nous n'hésitons pas à nous ranger parmi ces conservateurs, hommes prudents et bien inspirés, qui demandent que l'on revienne sans retard à la royauté, seul pouvoir qui puisse ramener parmi nous la confiance et l'union. C'est donc à l'Assemblée nationale, seule autorité souveraine en pareil cas, que s'adressent nos vœux et nos supplications, et c'est à elle exclusivement qu'il appartient d'en apprécier le mérite et l'opportunité, en apportant promptement une digue efficace au torrent révolutionnaire qui menace de nous emporter. Sans doute les partis opposés réuniront, au grand jour de la lutte, toutes les forces dont ils peuvent disposer, afin d'empêcher le parti de l'ordre de triompher. Il faut s'y attendre. Mais comme la victoire, en définitive, dépend de la majorité des suffrages, et que nous savons aussi, quoi qu'on fasse, que le nombre des honnêtes gens est supérieur à celui des coquins, nous sommes pleins d'espoir dans le résultat du combat. Dans quelques jours l'Assemblée nationale va être appelée à délibérer sur la forme définitive du gouvernement de la France; il faut avant tout que les gens d'ordre se comptent et s'entendent, car l'union fait la force. Pas de faiblesse surtout, ni d'abstention coupable, le succès est à ce prix. Conservateurs, serrez vos rangs! La République se meurt!... la République est morte! Il est temps d'aviser. *Caveant consules !*

UN CONSERVATEUR.

Septembre 1873.

HOMMAGE.

On aime en vous lisant le dieu de l'harmonie,
Et vos vers sont bien faits pour m'inspirer des chants.
Mais, pour improviser de si joyeux accents,
Il me faudrait, cher maître, avoir votre génie!
N'arrive pas qui veut jusqu'au sacré vallon,
Quand on suit à pas lents le sentier de la vie.
Vous aimez les beaux-arts, la douce poésie,
Rien de mieux ; votre muse est fille d'Apollon.
Si, comme vous, j'avais les trésors d'Épicure,
Votre aimable gaîté, votre esprit inventif,
Affrontant sans frayeur mon Pégase rétif,
J'irais, la lyre en main, chanter à l'aventure.

Mais c'est du livre d'or entr'ouvrir le feuillet...
Adieu donc aux neuf Sœurs, à l'hôtel Rambouillet,
Où la beauté, la grâce, aux talents réunies,
A tous les beaux esprits tendaient leurs mains amies:
Sur un pareil concours il ne faut plus compter!
Pour vous remercier de vos lettres affables,
Laissez-moi vous offrir ces innocentes fables,
Qu'à vos enfants, un jour, vous pourrez raconter.

***

I.

LE RURAL.

O rus, quando te aspiciam! etc.

Ah! que le temps passé pour nos cœurs a de charmes!
Que de doux souvenirs ont fait couler des larmes!
Mais j'étais, comme on dit, « bon chasseur autrefois, »
Et quand je parcourais et la plaine et les bois,
Armé de mon fusil et suivi de ma chienne
(A la pauvre *Liska* que l'honneur en revienne),
Après un long trajet vaillamment accompli,
Je rentrais tout joyeux et mon carnier rempli.
Que le dieu des chasseurs, *saint Hubert*, me pardonne!
Je viens sur son autel déposer ma couronne.
Je ne suis point, hélas! un pécheur endurci;
Il me combla jadis et je lui dis : *merci!*

Maintenant je suis vieux et le chagrin m'assiége.
A quoi bon dire encore : Ah! quand te reverrai-je,
Objet de mes regrets, campagne mes amours!
Sur les ailes du temps j'ai vu fuir mes beaux jours!
Pour aimer la campagne, il faut être valide,
Avoir bon pied, bon œil et la poigne solide,
Manœuvrer au besoin la bêche et le râteau,
Et dans les cas pressants la scie et le marteau.
Couché nonchalamment à l'ombre du feuillage,
Tityre est à mes yeux un plaisant personnage.
Je ne crois plus au temps où bergers et troupeaux
Accouraient fascinés au son de ses pipeaux!

Aujourd'hui le *rural*, qui veut être pratique,
S'abonne simplement à la *Maison rustique*.
Il apprend qu'en culture on obtient des progrès
Quand on a des troupeaux et surtout *de l'engrais;*
Qu'au moyen de *semis* on fait des pépinières,
Qui deviendront plus tard de riches sapinières;
Qu'en brûlant *la bruyère,* on fertilise un champ,
En y semant *des pins* mêlés avec *du gland;*
Que l'*ajonc,* cultivé comme vaine pâture,
Mérite des égards en fait d'agriculture,
Car le bétail le mange et s'en montre friand...

Quoi de plus instructif que ce tableau riant,
Sous la voûte des cieux de parfums embaumée?...
Mais de sujets moins gais la vie est parsemée.
Que de vides affreux dans nos rangs éclaircis!
Que d'amis disparus, sans parler de mon fils!...
Je sens que, malgré moi, la tristesse me gagne.
Pour n'y plus revenir j'ai quitté la campagne;
Mécontent du présent, craignant pour l'avenir,
Je n'en rapporte, hélas! qu'un triste souvenir...

Sans doute notre cause est sainte et légitime,
Puisqu'elle est le bon droit luttant contre le crime!...
Peut-être dira-t-on que je suis un *rural;*
Je ne m'en défends pas, et n'y vois aucun mal.
Honneur donc aux *ruraux* dont la foi, le courage
Nous ont, jusqu'à ce jour, préservés du naufrage!
Leur concours empressé, leurs bons soins réunis
Parviendront, je l'espère, à sauver le pays!...
Que tes desseins cachés, divine Providence,
Secondent leurs efforts en protégeant la France!

II.

LES GRENOUILLES

QUI NE VEULENT PLUS DE ROI.

FABLE.

Les grenouilles, un jour, de leur roi fatiguées,
Se plaignaient à Jupin de leur gouvernement.
En effet, grand était leur mécontentement,
Étant en guerre ouverte et contre lui liguées.
« Je vous avais, dit-il, donné des soliveaux,
Dont votre vanité paraissait satisfaite.
Vous étiez, dans ces temps, souveraines des eaux,
Et personne n'osait troubler votre retraite.
Mais, un jour, il vous vint l'amour du changement,
Et ces bons soliveaux qui vous rendaient heureuses
(Car vous étiez alors timides et peureuses),
Vous les avez chassés, bannis honteusement!...

« Plus tard, je vous fis don de la reine des grues,
Dont le sceptre devait en paix vous maintenir.
Au nouveau tout est beau, vous la portiez aux nues,
Mais son autorité ne put vous convenir.
Vous l'aviez cependant bien vite apprivoisée,
A tel point qu'abusant de sa naïveté,
Vous l'avez, un beau jour, dépopularisée,
Comme portant atteinte à votre liberté!

« Sur de pareils méfaits nul ne peut se méprendre.
Quand on sème le trouble et la rébellion,
Et qu'on n'a pas chez soi d'armes pour se défendre,
Il faut alors subir la révolution!...
La révolution qui, semblable à Saturne,
Père dénaturé, dévore ses enfants!...
Allez donc maintenant chercher au fond de l'urne
La fine fleur des rois et des gouvernements! »

Critiquer chez autrui ce qu'on a fait soi-même,
Est un travers d'esprit qui se voit chaque jour.
Tel croit faire *du neuf* en changeant de système,
Qui dans le même écueil vient tomber à son tour.
Le monde est ainsi fait : soyez bon et facile,
L'on ne vous en tient compte en aucune façon.

Montrez-vous, au contraire, exigeant, difficile ;
Chacun vous applaudit et vous donne raison.

Souvent dans le bon grain l'on rencontre l'ivraie :
Cette fable, au besoin, le prouve et m'en convainc ;
La raison du plus fort est presque toujours vraie,
Le pouvoir que l'on aime est celui que l'on craint.

III.

PREMIÈRE BOUTADE.

Que l'homme, en sa conduite, est un problème étrange!
De vice et de vertus incroyable mélange,
Continuel jouet de mille instincts divers,
Il passe tour à tour des succès aux revers!
L'homme est un enfant qu'un simple hochet amuse!
Aimant ce qui lui plaît, il croit ce qui l'abuse :
Et lorsque, las de tout, il cherche vainement
La paix et le bonheur dans son désœuvrement,
Que trouve-t-il enfin pour dernière conquête?
Un amour insensé qui lui trouble la tête.

Accourez à ma voix, séduisantes Laïs,

Adorables Phrynés, c'est pour vous que j'écris...
Nous allons parcourir le pays des chimères,
Où vos charmes vantés, vos grandeurs éphémères
Ne vous donnent, hélas! qu'un bonheur incomplet.
Daignez donc m'écouter, mesdames, s'il vous plaît.

Quand l'insecte rongeur s'attaque au cœur de l'arbre,
Il languit, puis il meurt... Ainsi, filles de marbre,
Esclaves du veau d'or, impudiques Vénus,
Qui vendez vos faveurs aux élus de Plutus,
Si quelques céladons ou beaux fils de famille
Tombent entre vos mains dans cette grande ville
Que l'on nomme Lutèce, où l'on voit confondus,
Dans un dédale affreux, le vice et les vertus...
Malheur aux insensés qui sont vos tributaires!
Car vous leur vendez cher vos faveurs mercenaires!
Vous épuisez leur bourse en desséchant leur cœur;
Puis, quand ils ont perdu leur fortune et l'honneur,
Abandonnés par vous dans cette affreuse voie,
Où l'homme, au désespoir, à la misère en proie,
Ne peut plus supporter la rigueur de son sort...
Ils cherchent leur salut dans l'exil ou la mort!

O sexe séduisant, qu'un tendre amour inspire,

Ce n'est pas contre toi que j'écris ma satire.
J'honore trop le dieu *qui perdit Ilion,*
Et qui guida ton bras, ô fier Pygmalion,
Quand, dans ta *Galatée* admirant ton ouvrage,
Tu fis d'un marbre froid une vivante image,
Pour te ravir les vœux et l'encens d'un mortel
Qui t'aima trop longtemps pour briser ton autel !...

IV.

LE BERGER ET LE PHILOSOPHE.

TRADUIT DE L'ANGLAIS.

FABLE.

Remote from cities.
GAY.

Loin du bruit des cités, dans un humble verger,
Vivait jadis en paix un modeste berger.
Sans souci d'un trésor qu'il n'eut point en partage,
Son cœur et sa raison étaient mûris par l'âge,
Et, fût l'été brûlant où l'hiver rigoureux,
Son troupeau par ses soins coulait des jours heureux.
Exempt d'ambition, de regrets et d'envie,
Dans des travaux chéris utilisant sa vie,
Qui n'eût brigué son sort? car, dans tout le canton,
Nul n'était plus aimé que William Southampton.

Guidé par le désir de connaître cet homme,
D'étudier ses mœurs que partout on renomme,
Un philosophe austère et fier de son savoir
Vint, un jour, le trouver en son pauvre manoir.

« Sans doute, lui dit-il, ta jeunesse passée
Dans les livres jadis cultiva ta pensée?
Mais par quel charme enfin, par quel art enchanteur,
De si beaux sentiments sont-ils nés dans ton cœur?
Connais-tu les grands noms et de Rome et d'Athène?
As-tu lu de Platon la règle souveraine?
As-tu compris Socrate et l'horreur de sa mort,
Admiré Cicéron et plaint son triste sort?
Ton cœur a-t-il puisé ces notions utiles
Dans l'étude des lois, des peuples et des villes?
Ou tel qu'Ulysse enfin le jouet des destins,
Fus-tu jadis traîné sur des bords inhumains?
Dis-moi par quel secret dans ton humble ermitage
L'on trouve des vertus le plus rare assemblage? »

A ces mots, le berger modestement reprit:
« Ignorant les bienfaits que procure l'esprit,
La science en mon cœur fut toujours étrangère.
Au terme d'une vie errante et passagère,

Je n'ai jamais cherché, dans mon humble néant,
A déguiser mon âme, à feindre un sentiment.
Qui pourrait, en effet, se croire le plus sage,
Quand le ciel nous donna l'ignorance en partage?
Enfant de la nature, aidé de ses leçons,
Je tiens de ses bienfaits mes plus précieux dons.
Éloignant de mon cœur la ruse et l'artifice,
Elle y mit en naissant toute l'horreur du vice.
A l'instar de l'abeille, un travail journalier
Suffit pour soutenir mon toit hospitalier.
Par la frugalité rendant ma vie heureuse,
J'imite la fourmi, qui n'est pas paresseuse.
Compagnon de mes jeux, bon et fidèle ami,
J'avais un pauvre chien que la mort m'a ravi,
De l'amitié souvent il me donna l'exemple !...
Sur des rameaux touffus si parfois je contemple
Deux jeunes tourtereaux, l'image des amours,
Je songe à mon printemps, je rêve à mes beaux jours.
Protégeant ses petits de son flanc tutélaire,
La poule aussi m'apprend les devoirs d'une mère.
De la nature enfin n'écoutant que la voix,
Je n'ai pas d'autre guide et ne suis d'autres lois.

« Craignant les médisants, devant eux je recule :

J'évite leur dédain et fuis leur ridicule,
Autant que d'un pédant la conversation.
Car, privé des secours de l'éducation,
Je pourrais proférer quelque phrase insensée.
Sur mes lèvres sept fois je tourne ma pensée...
Or qui parle beaucoup, parle souvent en vain.
Mais je hais le félon qui frustre à son voisin
Un trésor que toujours avec peine il amasse :
Semblable aux animaux d'un naturel rapace,
Si, comme le vautour, parfois il est traité,
Personne ne plaindra son destin mérité.
Sous les traits du serpent je vois la calomnie,
Dans le hideux crapaud je reconnais l'envie;
Heureux, dans chaque objet de la création,
De trouver cent motifs de contemplation,
Et sur tout être enfin qui reçoit l'existence
De pouvoir à mon gré pratiquer ma science.
Que m'importent d'ailleurs ces livres affectés,
Où le sens, la raison sont si peu respectés!...

— J'approuve tes leçons, lui répondit le sage,
Ta renommée est juste, il faut lui rendre hommage.
L'orgueil guide souvent la plume de l'auteur;
Les livres ont aussi leur poison corrupteur.

Mais peut-on se tromper en suivant la nature?
Ses tableaux sont si vrais, sa morale est si pure!...
Sans les livres je vois que l'on peut être heureux,
Quand on est à la fois bon, simple et vertueux...

« De Louvie à Laruns, du gave à la montagne,
Chacun redit ton nom que l'honneur accompagne.
Permets donc, ô Sacaze, à ton admirateur
D'adresser cet hommage au modeste pasteur[1]. »

1. Gaston Sacaze, le plus savant botaniste de la vallée d'Ossan, habitait le petit village de Béost, près des Eaux-Bonnes, lorsque j'y suis allé en 1854. Ce nom est en grande vénération dans les Pyrénées.

V.

SOUVENIR DES PYRÉNÉES.

Le murmure des eaux, les rochers, la prairie,
Tout révèle en ce jour à mon âme attendrie
Le spectacle imposant qu'admire l'univers,
En contemplant ces pics qui dominent les airs.
Salut, monts escarpés, superbes Pyrénées !
Aux bienfaisantes eaux que Dieu vous a données,
Je viens, rempli d'espoir, demander la santé.
Salut, riants vallons, à l'aspect enchanté !

Ce fut en ces doux lieux qu'une aimable inconnue,
Comme une bonne fée, apparut à ma vue.
Son air et son maintien lui donnaient mille attraits,

Que rehaussait encor le charme de ses traits.
Pour captiver son cœur l'on ne savait que faire :
On se montrait galant, empressé pour lui plaire.
On inventait des jeux, des bals et cætera...
Lorsque la dame, un jour, sans bruit se retira!...
Le dirai-je vraiment, le chagrin fut immense.
On cessa sur-le-champ les concerts et la danse
Pour ne s'occuper plus que du triste départ,
Quand le billet suivant nous parvint de sa part :

« Ne me demandez pas pourquoi je suis partie!
Par des amis sensés prudemment avertie,
Et voulant du scandale éviter les effets,
J'ai préféré partir avant plutôt qu'après...
Je reprends ma parole en vous rendant la vôtre.
Nous ne sommes pas faits, croyez-moi, l'un pour l'autre;
Vous aimez le grand jour et moi l'obscurité,
Ne vous offensez pas de ma sincérité.
Votre insuccès d'hier n'est point une défaite,
Car mes vœux vous suivront au fond de ma retraite.
Puis, ce doux souvenir une fois envolé,
Bientôt avec le temps vous serez consolé!
Je pars pour l'étranger, où, dans la solitude
Je vais me consacrer désormais à l'étude.

Le monde avec ses fous ne m'offre aucun plaisir :
J'ai besoin d'être seule et de me recueillir.
Laissez-moi vivre en paix avec ma conscience,
Elle me guidera mieux que votre science.
Oubliez-moi... Voilà le plus cher de mes vœux.
Adieu, soyez content, adieu, soyez heureux! »

Tel sur les sombres bords qu'on vit jadis Orphée
Exhaler de son cœur une plainte étouffée,
Quand, de son Eurydice en entendant la voix,
Il s'arrête et la voit pour la dernière fois;
Ainsi par les chagrins quand votre âme oppressée
Daignait m'initier à sa triste pensée,
Quand s'étendait sur moi votre dernier regard,
Il fallait vous quitter et partir sans retard.
Errant au gré des flots sur un lointain rivage,
Je disais votre nom en cherchant votre image;
Mais partout l'écho seul à ma voix répondait,
Et mon rêve en regrets aussitôt se changeait.

O rives de l'Adour, ô beau pays de France,
Mon cœur de vous revoir conserve l'espérance!
Et vous, discrets témoins, géants de ces forêts,
Dont l'abri protecteur, toujours vert, toujours frais,

Nous réunit souvent sous son épais ombrage,
Recevez mes adieux au terme du voyage...
Des souvenirs si chers devant durer toujours,
Vous serez à jamais mon rêve et mes amours.!

VI.

LE MALADE.

Sur mon lit de douleur, en proie à la souffrance,
Par la fièvre énervé, languissant éperdu...
Je veille et je gémis!... mais pourtant l'espérance,
Fille du ciel, soutient mon esprit abattu.

Arbitre de mon sort, divine Providence,
Voudras-tu de mes maux alléger le fardeau?
Si je prie en secret, si je pleure en silence,
Voudras-tu sur mon cœur étendre ton flambeau?

Semblable au matelot trompé par les mirages,
J'ai trop longtemps vogué, par les flots emporté,

A travers mille écueils sans crainte des naufrages;
Dieu voulait éprouver mon courage indompté!

C'est ainsi que le ciel éprouve ceux qu'il aime:
Son invisible main nous attache à sa loi.
Le malheureux l'implore en sa douleur extrême,
En lui disant : « Seigneur, prenez pitié de moi! »

Et pourtant j'effeuillais les fleurs à peine écloses,
Leur parfum m'enivrait d'une douce senteur;
Je cueillais sur leur tige et les lis et les roses,
Pour exciter mes sens, pour occuper mon cœur.

J'effleurais sans désir la coupe de la vie;
Sur mon front déprimé je portais un bandeau...
Et ma faible raison égarée, asservie,
Ma raison sommeillait aux portes du tombeau...

Merci, mon Dieu, merci pour ces jours de souffrances!
Plus je souffris et plus je bénis ta bonté.
En toi sont tous mes vœux, en toi mes espérances;
Car toi seul m'as rendu la joie et la santé!

VII.

LE LOUP ET LE HÉRISSON.

FABLE.

Muse, quittons l'Olympe et le ton solennel.
Il s'agit pour l'instant d'un *banquet fraternel,*
Auquel un loup malin et de mauvaise allure,
Courant à travers champs pour chercher aventure,
Vint un jour convier un pauvre hérisson,
Qui se tenait blotti dans le creux d'un buisson.
« Du hérisson, dit-il, la chair est délicate :
Si je pouvais pincer celui-là sous ma patte! »
Or, en disant ces mots, il allait l'attaquer,
Quand l'autre, furieux, se mit à le piquer.
Le proverbe a dit vrai : « Qui s'y frotte s'y pique. »
Le combat commençait à devenir tragique,

Lorsque le loup comprit, *par instinct radical,*
Qu'il fallait avec lui prendre un ton amical,
Puis, voulant à tout prix capter sa confiance,
Lui propose céans un traité d'alliance.

« Une fois, lui dit-il, dans notre cercle admis,
Nous serons tous pour toi des frères et amis.
Je me charge d'ailleurs du soin de la marmite.
Mais pour orner la table il nous faut un ermite,[1]
Un vénérable ermite... Ah! comprends-tu l'honneur
Que répandra sur toi cette insigne faveur?
Nous aurons au banquet des dindons et des grues,
Les plus belles, dit-on, que jamais on ait vues;
Puis des busards, des paons, jusqu'à des goëlands
Qui font très-bon ménage avec les chats-huants.
Tu vois que tu seras en bonne compagnie,
Et que de nous quitter tu n'auras plus envie.

— J'accepte volontiers ton invitation,
Reprend le hérisson, mais à condition
Que je pourrai toujours, sans crainte des alarmes,
Apporter avec moi ma cuirasse et mes armes. »

1. Allusion au fameux banquet de la Ferté-sous-Jouarre!

Le cas était urgent : le loup ne voulut pas.
Le hérisson ainsi se tira d'embarras!

Mais, si des animaux nous remontons aux hommes,
Que voyons-nous, hélas! par le temps où nous sommes?
Des fruits secs déclassés, que la soif du pouvoir
Tient constamment armés en dehors du devoir;
Qui n'ont pour les guider qu'un sordide égoïsme,
A la place du cœur et du patriotisme.
Vrais pîtres de théâtre, ils vont sur les tréteaux,
Pour attirer la foule et duper les badauds.
Sur leur hideux drapeau de couleur écarlate,
Qui n'est qu'un trompe-l'œil dont l'évidence éclate,
Ils ont mis : *amnistie* et *dissolution...*
Lisez plutôt : *commune* et *révolution !*

Orateurs de balcon, dont la triste éloquence
N'est qu'un tissu d'erreurs, d'audace et d'impudence,
Puisqu'un instinct pervers vous pousse vers le mal,
Vivez de rêves creux dans un monde idéal.
Arrogez-vous le droit de tout dire et tout faire,
Allez chez le voisin prendre le nécessaire;
Jusqu'au jour où la loi, le bon sens, la raison
Vous diront : *Halte là!* pour dernière oraison!

Que ne puis-je, au moyen d'une métamorphose,
Sur ces vilaines gens, lecteur, vous détromper !
Mais, le meilleur d'entre eux ne valant pas grand'chose,
Dans un affreux mensonge il me faudrait tremper.
Le loup est toujours loup, je le dis et pour cause,
Et, s'il se fait mouton, c'est pour mieux vous tromper !

VIII.

LE SINGE SOCIALISTE.

TRADUIT DE L'ANGLAIS.

FABLE.

Doué d'une humeur vagabonde,
Certain singe avait entrepris
De visiter tous les pays,
Pour mieux étudier le monde.
Qu'il est doux, au départ, de songer au retour !
« Dans quelque temps, dit-il, je reviendrai plus sage,
Et, faisant à chacun le récit du voyage,
Je serai dans nos bois un oracle à mon tour. »
Voilà donc aussitôt le voyageur en route
A travers mille écueils, mille périls divers.
Dans son ardeur nomade il parcourt l'univers :
Il n'est point de danger que son esprit redoute.

Mais du destin, hélas! qui connaît les secrets?
Un piége sous ses pas était tendu d'avance :
L'animal confiant de lui-même s'y lance,
Et ses rêves soudain se changent en regrets.
Tout autre eût envié sa belle destinée,
Bien faite pour flatter la plus vaine fierté.
Un autre eût désiré sa chaîne fortunée :
Rien ne valait pour lui sa douce liberté.

Sur un riche *Aubusson*, pour plaire à sa maîtresse,
Il sautait, gambadait et prenait ses ébats.
L'on admirait sa grâce, on vantait son adresse,
Jamais singe n'obtint des soins plus délicats.
Mais si quelque importun, par des plaisanteries
Capables d'amuser des enfants ou des sots,
Cherchait à l'éclipser à force de bons mots,
Il s'en vengeait soudain par des espiégleries;
Car il avait l'esprit et subtil et railleur.
Si bien qu'en ses talents rempli de confiance,
Il advint qu'un beau jour, rêvant un sort meilleur,
De réformer son siècle il se crut en puissance.
Donc il brisa sa chaîne et s'enfuit du logis.

Oh! qui peindra les pleurs de sa tendre maîtresse,

Quand elle apprend, hélas! que l'ingrat la délaisse,
Sans peine et sans regrets, pour revoir son pays?
Déjà de tous côtés l'on court sur son passage.
C'est à qui pressera, tant est grand l'engoûment,
Les favoris touffus qui couvrent son visage
Et les galons brodés de son ajustement.
Sans parler de l'effet de sa queue en trompette,
Lui décrivant un cercle au beau milieu du dos,
Ses bottes à revers et sa double épaulette
Lui donnaient et l'aspect et les traits d'un héros.

« Compagnons, leur dit-il, des jeux de mon enfance,
Hôtes de ces forêts, vous qu'autrefois j'aimais,
J'oublie en vous voyant les tourments de l'absence.
Insensé, j'aurais dû ne vous quitter jamais!
Que de fois, pour flétrir l'honneur de notre race,
On critiqua nos mœurs que l'on ne connaît pas!
Puisque de l'homme à nous il n'existe qu'un pas,
Pourquoi nous refuser une meilleure place?
Dans les cités, amis, j'ai passé de longs jours,
Imitant au parfait les vains discours du monde;
Plus tard, du cœur humain sondant mieux les détours,
Je n'ai vu que trompeurs et trompés à la ronde.
Croyez-en mes leçons, pour avoir du crédit,

Il faut dissimuler vos dédains, votre haine,
Flatter vos ennemis, prendre part à leur peine :
Le tout est à propos d'exercer votre esprit
Quelquefois à l'intrigue et souvent au mensonge,
D'employer vos amis, mais pour vous seulement ;
L'amitié, de nos jours, l'amitié n'est qu'un songe,
Il serait puéril d'en agir autrement.
Versez à pleines mains, versez la calomnie,
Ce poison si subtil qu'on ne peut l'éviter.
Critiquez sans pudeur le talent, le génie;
Il faut éreinter ceux qu'on ne peut imiter!
De sujets inconnus, si vous parlez sans cesse,
Soyez frondeurs, malins et quelquefois méchants;
Vantez ce qui vous plaît, blâmez ce qui vous blesse,
Et le monde étonné subira vos talents! »

Il discourait encor quand la foule, d'emblée,
Par des trépignements interrompt l'orateur.
Il s'arrête, attendri d'un succès si flatteur,
Et salue humblement l'honorable assemblée.
Mais le mal était fait dans ces cœurs corrompus,
Où germent en naissant la ruse et l'artifice.
Tels que des forcenés dont les fers sont rompus,
Ils se livrent sans frein à tout l'excès du vice ;

Résultat naturel de leurs tristes leçons,
Car, voulant imiter les jeux sanglants des hommes,
Ils rêvent, insensés, qu'ils sont ce que nous sommes,
Et veulent faire aussi tout ce que nous faisons!...

Souvent en voyageant, l'imprudente jeunesse,
    En écoutant de perfides discours,
Se laisse dans l'abîme entraîner par faiblesse,
    Et se prépare ainsi de mauvais jours.
Suivons les seuls conseils que donne la sagesse,
    C'est le moyen de vivre heureux toujours!...

IX.

DEUXIÈME BOUTADE.

Le temps, qui, dans son cours implacable et sévère,
Emporte nos plaisirs sur son aile légère,
Le temps nous dit assez qu'au déclin de nos jours,
Il ne faut plus chanter Chloris et les amours!
Eh quoi! du bonheur l'heure est si vite passée,
Qu'un souvenir à peine en garde la pensée?
Mais aimer, c'est la vie! aimer, c'est le printemps
Avec ses mille fleurs aux parfums enivrants!
Qu'un jeune homme brûlant d'ardeur et de tendresse,
A l'objet de ses vœux, qu'il aime avec ivresse,
S'engage imprudemment par d'éternels serments!
Si l'orage survient, bientôt, au gré des vents,

Cette flamme sans-fin, qu'il croyait *éternelle*,
S'envole et se rallume aux pieds d'une autre belle ;
Sur la foi d'un serment impossible à tenir,
Pourquoi si jeune encore enchaîner l'avenir ?
A vingt ans..., mais c'est l'âge où l'on croit à la vie !
Où le cœur, enivré d'espérance et d'envie,
S'ouvre et s'épanouit à l'attrait du plaisir,
Comme la fleur qui naît au souffle du zéphyr !

Pourquoi sitôt quitter un beau ciel sans nuage,
Pour s'imposer ainsi les devoirs du ménage ?
Le ménage, à vingt ans, c'est l'antre aux noirs soucis,
Le tombeau des plaisirs, et l'enfer des maris.
C'est la vague des flots écumante, agitée,
D'où l'œil du voyageur au loin, sur la jetée,
D'un phare bienfaisant contemple le signal,
Au milieu des récifs d'un océan fatal.
C'est la nuit sans sommeil et le jour sans lumière ;
C'est le mistral lançant des torrents de poussière !
Enfin, si je voulais esquisser les tracas
Qui naissent de l'hymen, je n'en finirais pas.
Voilà, mon cher ami, le tableau de la vie,
Pour quiconque à vingt ans follement se marie !
Donc, j'en conclus avec le bon sens, la raison,

Que dans un cas pareil mieux vaut rester garçon !

Le proverbe dit vrai : *Souvent femme varie.*
Laissons aux jeunes gens l'amour et la folie ;
Les regrets aux vieillards sur leur lit de duvet,
En répétant ce mot : *Si jeunesse savait !!!*

X.

LE PRINTEMPS!

Vere novo.

Quel spectacle enivrant nous offre la nature!
Aux premiers jours de mai que j'aime le printemps!
Les arbres ont repris leur ancienne parure,
Les oiseaux dans les bois font entendre leurs chants.

Lise, que l'air est pur, que la campagne est belle,
Que l'aubépine en fleur exhale de parfums!
Vois l'hôte de ces lieux, la tendre Philomèle;
Sous cet épais feuillage et loin des importuns,

Elle chante, tandis qu'une mère craintive
Sur son nid en secret surveille ses petits.

Chante, ô doux rossignol, et que ta voix plaintive
Fasse longtemps encor le charme de mes nuits!

Vois ces nombreux troupeaux errants dans les campagnes;
Partout les chalumeaux des bergers d'alentour
Ont retenti, partout les échos des montagnes
Ont redit gais refrains et doux propos d'amour!

Que j'aime les plaisirs et la douce existence
De ces bons villageois au sein de leur hameau!
Loin d'eux l'ambition, le faste et l'opulence;
Pauvres, ils sont heureux, est-il destin plus beau?

Que j'aime à respirer l'air pur de leurs chaumières!
Leur parfum vivifie et l'esprit et le cœur.
Viens, Lise, te mêler à leurs danses légères :
C'est aux champs, oui, c'est là qu'on trouve le bonheur!

Les plaisirs du retour font oublier l'absence :
J'ai revu ces coteaux et ces champs que j'aimais!
Salut, ô beau pays où grandit mon enfance!
Mon cœur reconnaissant ne t'oubliera jamais!

XI.

LE HIBOU ET LA COLOMBE.

FABLE.

Un jour, certain hibou de naturel sauvage
(Ainsi que le bon Dieu créa les chats-huants)
Avait pris pour son gîte un clocher de village,
Dans lequel il avait réuni ses enfants.
Ils dormaient tout le jour; mais sitôt que la lune
De son disque brillant éclairait l'horizon,
On entendait leurs cris et leur plainte importune,
Et l'écho répétait leur lugubre chanson.
Aussi les villageois, dans leur maudite chance,
Ne pouvant se livrer aux douceurs du sommeil,
Attendaient chaque soir le coucher du soleil,
Armés de pied en cap pour en tirer vengeance.

Sur le coteau voisin, dans un bois de sapins,
D'une colombe aussi s'élevait l'ermitage:
La douceur de ses chants, ses mœurs et son plumage,
Lui valaient à l'envi les plus heureux destins.
Aussi la gent ailée, empressée à lui plaire,
Venait lui rendre hommage et lui faire sa cour.

Or, désertant un jour son réduit solitaire,
Le hibou vint la voir et lui dit à son tour :
« J'en conviens à regret, colombe ma voisine,
Vous avez parmi nous un sort digne des dieux :
Nul autre plus que vous n'est choyé dans ces lieux,
Tout le monde vous aime et cela me chagrine.
Mais à quoi devez-vous la faveur qui vous suit ?
Si c'est à votre voix que sont dus tant d'hommages,
J'ai pour ma part aussi quelques droits aux suffrages;
Si vous chantez le jour, moi je chante la nuit ! »

A ces mots, la colombe aussitôt répondit :
« Pourquoi vanter ma voix si peu digne d'envie,
Lorsque du rossignol on entend les doux chants?
Par des vœux insensés vous troublez votre vie,
En rêvant, cher voisin, des accords si touchants.
La nature, envers vous de ses droits moins avare,

Vous fit don d'un bon cœur et de quelques amis :
Pourquoi désirer plus? c'est un présent si rare,
Qu'il doit vous consoler d'avoir des ennemis.
Vous avez trop longtemps fait la guerre à la ronde.
Pardon, si j'ose ici vous donner un conseil :
Il faut laisser en paix reposer tout le monde,
Et des bons villageois respecter le sommeil... »

Voyant qu'en fait de chant il comptait sans son hôte,
Le hibou, tout confus après cet entretien,
Promit à sa voisine, en confessant sa faute,
Qu'il ne chanterait plus; il s'en trouva fort bien.
Donc plus de cris aigus, plus de chants lamentables...
Et chacun pour le voir d'accourir en son trou!...

Voulez-vous un secret pour qu'on vous trouve aimables?
Messieurs les radicaux, imitez le hibou!..

XII.

TROISIÈME BOUTADE.

Tous ces beaux discoureurs qui font les bons apôtres
Après s'être emparés de la place des autres,
Qui veulent se donner un relief qu'ils n'ont pas,
Nommons-les hardiment, *ce sont des Rabagas!*
O vous, qui prétendez régénérer le monde,
Par le droit du suffrage et de l'*égalité;*
Dont les discours, vantés par une presse immonde,
Révèlent l'impuissance et l'incapacité!
Nous savons ce que peut votre haine profonde,
Nous savons ce que vaut votre *fraternité!*

Quoi! vous aimez le peuple, et sans leur crier: « Gare! »

Vous laissez écraser vos frères, vos amis!
Ce peuple n'est-il donc qu'un composé bizarre
De fous, d'ambitieux et de sots réunis?
Aux tribuns d'autrefois lorsque l'on vous compare,
On reconnaît de suite à vos tristes écrits
Que c'est un jeu pour vous, jeu cruel et barbare,
Par la crainte et l'effroi d'alarmer le pays!

Admettons maintenant, *le scrutin le déclare,*
Que vous voilà vaincus, désarmés, compromis...
Qu'allez-vous devenir, quand l'orgueil vous égare,
Quand votre agent trompeur, la popularité,
Va s'envoler peut-être *avec la liberté?*
Que la raison du moins, qui de vous nous sépare,
Ramène vos esprits à cette vérité:
Qu'un peuple, dont par force ou par ruse on s'empare,
Reprend toujours son rang et son autorité!...

Allons, vite à cheval, messieurs les Don Quichottes;
Courez à fond de train sur les moulins à vent...
Voilà vos ennemis, flanquez-leur quelques bottes!
Point de quartier surtout... et flamberge en avant!

XIII.

L'AIGLE, LES VAUTOURS ET LE CHAT-HUANT.

FABLE.

Sur le sommet d'un roc aride et solitaire,
Un aigle des plus beaux avait bâti son aire.
Or se figure-t-on ce qu'est un pareil nid,
Le travail qu'il comporte et les soins qu'il y mit?
Sur un sol de granit des branches enlacées
Soutenaient un amas de plumes entassées;
Puis, sur ce lit mollet et solide à la fois,
Plusieurs jeunes aiglons qui semblaient aux abois
Ouvraient un large bec pour manger la pâture
Que leur mère, attentive et bonne par nature,
A ses petits enfants apportait chaque jour.

C'étaient le plus souvent les moutons d'alentour,

Ou les coqs de bruyère, au chant rauque et sonore,
Dont l'écho retentit au lever de l'aurore,
Qui, surpris par hasard dans leurs joyeux ébats,
Formaient de leurs débris le menu du repas.
Quand on est souverain, disons *roi* des montagnes,
Et qu'on voit sous ses pieds la plèbe et les campagnes,
On dédaigne aisément ces oisillons braillards
Qui servent de cortége aux héros communards.
Oh! ceux-là, vous pouvez m'en croire sur parole,
N'ont jamais par leurs cris sauvé le Capitole;
Comme ils ont grande peur de se laisser manger,
Ils s'en vont prudemment quand survient le danger.

D'un aigle détrôné je veux conter l'histoire.
Ses revers sont si grands qu'ils dépassent sa gloire.
Un jour qu'il était vieux, dégoûté du pouvoir
Que ses administrés et leur mauvais vouloir
Lui rendaient insipide et même insupportable,
Il déclare une guerre inepte et lamentable,...
Et pour un vain désir de conquête et d'orgueil
Il couvre en quelques jours nos provinces de deuil!
Des vautours affamés, venus de Germanie,
Occupaient en vainqueurs le pays d'Ornithie.
Que c'était triste à voir tous ces oiseaux du Nord,

Apportant dans nos champs l'incendie et la mort!
Comme on se désolait, dans toute la contrée,
En voyant sur un point la foule concentrée,
Pour ajouter encore à son affreux destin[1],
Succombant sans secours de misère et de faim!

Lorsqu'un vieux *chat-huant*, connu dans tout l'empire
Par les malheurs qu'il sut deviner et prédire,
Vint calmer les esprits et ranimer les cœurs.
Le ciel allait donc mettre un terme à ses rigueurs!
Tout fier de ses succès, dus à sa renommée,
Il s'adresse d'abord à la gent emplumée.
Il s'agit de s'entendre et d'arrêter le mal,
Et, pour y parvenir, on nomme un tribunal.
On prétend rallier par la voie amiable
Le parti qui se dit « irréconciliable. »
Composé de hiboux et de chauves-souris,
Le tribunal prononce un arrêt sans sursis,
Enjoignant aux vautours comme à tous escogriffes,
D'avoir et *sur-le-champ* à raccourcir leurs griffes;
Les becs également se trouvant réformés,
Voilà du même coup les aigles désarmés.

1. Le siége de Paris.

Que produit cet arrêt d'une audace incroyable ?
(Car c'était saint Michel précipitant le diable !)
Un désordre sans nom, une *tour de Babel*,
Où l'on voit les partis dissidents faire appel
D abord à la licence, ensuite à l'arbitraire,
Qui progressent sans fin lorsqu'on les laisse faire,
Par excès de faiblesse ou de timidité...
Quand toujours on devrait suivre l'autorité !
Les aigles, tout penauds de leur mésaventure,
Faisaient en ce moment assez triste figure.
Conspués en tout lieu, raillés de toutes parts,
Ils voulaient du public éviter les regards !

La séance un instant demeure suspendue,
Puis le président dit : « La cause est entendue ! »
Quand *maître chat-huant*, en prenant un ton sec,
S'élance à la tribune, un papier dans le bec :
« Depuis longtemps, dit-il, je vis dans l'espérance
Du jour tant désiré de notre délivrance !
Oiseaux, à qui je dois cet éminent emploi,
Si conforme à mes goûts et si flatteur pour moi,
Vous me comblez de joie et de reconnaissance ;
De mes prédictions j'y vois la récompense.
Le pouvoir que je tiens de votre autorité,

J'en suis d'autant plus fier que je l'ai mérité.
Mais il faut que chacun rentre enfin dans sa sphère,
Autrement ce pouvoir n'est plus qu'une chimère.
N'attendez donc de moi que zèle et fermeté,
Car ma voix vous dira toujours la vérité.
Vous n'avez plus de roi,... mais vous avez un maître ;
Et ce maître, c'est moi. Sachez le reconnaître.
Vous avez trop longtemps gouverné de travers,
Je veux prendre à mon tour le royaume des airs !
Dans ce poste élevé, loin de la politique,
Je ferai *proclamer* ma chère République ! ..

— A merveille ! s'écrie un grand-duc électeur ; —
Mais ce n'est pas ainsi que parlait l'orateur
Lorsque, sollicitant nos vœux et nos suffrages,
Après des jours remplis de troubles et d'orages,
Il nous réunissait pour fonder un pouvoir,
Réservant l'avenir, que nul ne peut prévoir !
Alors il nous tenait en sa plus haute estime,
Car notre force était légale et légitime.
Il le savait fort bien et se croyait très-fort.
Mais croire à des discours est bien souvent un tort !
L'orateur ne nous dit pas toujours ce qu'il pense,
Et des faits valent mieux qu'un trésor d'éloquence,

Or, dès qu'on ne fait plus ce qu'on avait promis,
C'est qu'alors on pactise avec ses ennemis!
Voilà ce que m'apprend ma vieille expérience :
Dans *l'esprit radical* je n'ai point confiance!.. »

A peine avait-il dit ces mots, que sur-le-champ
La foule s'écriait : « A bas le président! »
Quand cette illustre voix qui dédaignait l'insulte
S'éteignait au milieu du bruit et du tumulte,
Laissant à ses amis des regrets superflus...
L'oracle avait parlé, qu'il n'était déjà plus[1]!

1. Le *Figaro,* sur la foi d'un journal de province, l'*Indépendant de l'Aube,* publie, dans son numéro du 15 septembre, un article concernant la lettre de M. Thiers au maire de Belfort, qui a produit une certaine émotion. C'est une conversation extrêmement singulière, qui aurait eu lieu entre M. Thiers et un éminent prélat que *la Patrie* affirme être Mgr Lavigerie.

« C'était à Bordeaux, dans les premiers jours d'existence de l'Assemblée nationale; M. Thiers, se trouvant dans son salon avec un de nos plus éminents prélats, — nous pourrions le nommer, — lui tint à peu près ce langage :

« Monseigneur, j'ai à me faire pardonner beaucoup de péchés « de jeunesse ; j'ai combattu contre la souveraineté légitime, et « le souvenir de sa chute, à laquelle je ne suis point étranger, « est pour moi un remords de tous les instants.

« L'orléanisme s'est montré impuissant; il ne pouvait en être « autrement, car il ne repose sur aucun principe et s'éloigne au-

« tant du droit divin que du droit populaire, malheureusement « introduit dans nos mœurs politiques.

« Le bonapartisme a été renversé par la victoire de l'étranger, « il est tombé sous le poids de ses fautes.

« Quant à la République, il est inutile d'en parler ; elle est « incompatible avec nos mœurs, avec nos habitudes ; elle est et « restera toujours *impossible* en France.

« Le salut de la France est dans le retour à la légitimité ; « aussi, monseigneur, je renie mon passé et je me déclare fer- « mement légitimiste... »

Quantum mutatus ab illo!

XIV.

A MADAME ***.

Varennes, à ton nom quel souvenir m'agite!
D'où me viennent ces cris par l'écho répétés,
Cris de sang et de mort que la fureur excite,
A qui s'adressent-ils? « Arrêtez, arrêtez!... »
Semblable au naufragé battu par la tempête,
Il cherchait un asile en un lointain pays :
Il fuyait sa patrie, et soudain on l'arrête,
On l'accuse, on le juge, on l'immole aux partis...
« Grâce, s'écriait-on, grâce au moins pour sa vie!... »
Rien ne put désarmer leur injuste courroux;
Et livré sans espoir à cette horde impie,
L'infortuné monarque expira sous leurs coups!...

Mais vous, lieux séduisants, qu'on nomme aussi Varenne,
Heureux séjour de paix et d'hospitalité,
Qu'arrosent dans leurs cours et l'Yonne et la Seine,
Vous ramenez le calme en mon cœur agité!...
J'aime vos verts gazons et leurs discrets ombrages;
J'aime de vos jardins les gracieux contours :
Là les jours plus sereins s'écoulent sans nuages,
Là le doux rossignol chante en paix ses amours....

Vous, en qui la nature allie
Les charmes de l'esprit au don de la beauté;
Vous, par les talents embellie,
Vous, modèle accompli de grâce et de bonté;
Sous ces arbres chéris que de fois en silence,
L'on vous prit à rêver d'un tendre souvenir!
Heureuse du présent, riche de l'avenir!
Ainsi fuyait gaîment le temps de votre enfance!
Pour animer encor ce ravissant tableau,
L'amitié bien souvent vint s'unir à vos fêtes :
Douce et tendre amitié qui vous prit au berceau,
Sentiment noble et pur qui parmi vos conquêtes
Sera la plus durable et le prix le plus beau!...

Si de votre pieux asile

J'ai troublé le repos par mes chants indiscrets,
Et si, me croyant en famille,
J'ai redit vos bons soins et leurs charmes secrets,
Pardonnez-moi, madame, un mot, je vais me taire.
Adieu donc, ô Varenne, et vous, charmante Claire ;
Mais qui, passant près de vous quelques jours,
Ne voudrait y rester toujours?...

XV.

LES ROIS AU CORPS DE GARDE.

Adieu, joyeux dîners, soupers plus gais encore,
Doux propos et bons mots que le vin fait éclore;
Adieu, friands apprêts, gibier, pâtés dorés
Au foyer domestique avec soin préparés.

BERCHOUX.

Le temps que je raconte est de l'histoire ancienne;
Disons qu'il fut prospère, afin qu'on s'en souvienne!. .
C'était le six janvier mil huit cent trente-trois,
Jour célèbre en tout lieu par le gâteau des Rois.
Suivant l'ordre ordinaire, un faquin de trompette
Vint hier tout exprès m'annoncer la vedette.
Monter la garde un jour où l'on croit s'amuser,
C'est surcroît de malheur... mais comment refuser?
Faut-il donc du major, implorant l'assistance,
Réclamer pour moi seul faveur et complaisance?

Un dîner en famille arrangé par mes soins
Devait nous réunir à table quinze au moins ;
Et je n'y serai pas !... maudit soit le service !
Mais, quand la loi commande, il faut qu'on obéisse.
Adieu, vaine chimère, espoir de royauté,
Je ne dois plus offrir la fève à la beauté.
Adieu, tendres banquets, doux repas de famille,
Où l'amitié préside, où tant de gaîté brille :
En dépit de la fête et du temps glacial,
J'aurai l'air satisfait et l'aspect martial.

Me consolant ainsi de ma déconvenue,
Depuis une heure au moins je trottais dans la rue.
Soudain de l'Institut j'aperçois les piliers,
Et rangés à l'entour de nombreux cavaliers.
Cet aspect me ranime : autour d'eux l'on s'empresse ;
Je redouble aussitôt d'ardeur et de vitesse,
Et crac, piquant des deux, j'arrive à l'escadron.
Mais du Temple au Pont-Neuf le trajet est bien long.
Tels que de vieux guerriers qu'on mène à la mitraille,
On s'aligne avec ordre, on se range en bataille ;
Et le sabre à la main, longeant les bords de l'eau,
Trompettes en avant, nous gagnons le château.
Aux portes arrivés, la vedette nous crie :

« *Qui vive!* » L'on répond ces mots : « *France, patrie,*
Garde à cheval. — Entrez. » Et nous entrons au pas
Nous ranger à côté des citoyens soldats.
Nous voilà donc encor, comme un jour de revue,
Offrant à tous les yeux notre grande tenue.
Le plumet au schapska, rien ne manque au tableau,
Et pour le bon public que ce spectacle est beau!

Devant le maréchal commence la parade;
Nous marchons sur deux rangs je suis mon camarade.
De mon cheval j'ai peine à contenir l'élan,
Il s'effraie, il se cabre, il veut sortir du rang.
Rien ne peut arrêter son ardeur belliqueuse.
Maudit soit l'animal!... « Cette bête est fougueuse[1],
Me dit le maréchal, d'un air moitié malin,
Faut la faire saigner, le remède est certain...
— Grand merci, maréchal, j'en instruirai son maître:
Je crois qu'il vaudrait mieux au pré l'envoyer paître,
Car, sauf meilleur avis, le système Broussais
Peut guérir les humains, mais les chevaux jamais. »

La parade finie, on entre au corps de garde :

1. Historique.

Là, chacun s'examine et chacun se regarde.
Nous avons parmi nous un savant professeur[1],
Deux jeunes avocats, un aimable docteur :
Monter ainsi la garde en bonne compagnie,
C'est presque s'amuser, c'est un sort qu'on envie.

Tandis qu'un brigadier règle les factions,
On donne un libre cours aux conversations,
On parle politique, on discute à la ronde :
La liberté, dit l'un, fera le tour du monde ;
D'un joug humiliant s'affranchissant un jour,
L'Espagne et la Pologne auront aussi leur tour.
— La liberté n'est pas ce qu'un vain peuple pense,
Dit un autre, l'émeute est toute sa science.
Par d'imprudents amis trop souvent entraînés,
Les rois ont toujours tort dès qu'ils sont détrônés.
Leur étoile pâlit, la foudre est sur leur tête,
Tout présage autour d'eux une horrible tempête,
Le calme est dans leur cœur... Courtisans insensés,
Qui les flattiez en vain de vos vœux empressés,
La vérité chez vous n'a pu se faire entendre !

1. MM. Alfred de Wailly, Nogent-Saint-Laurens et Paul Juillerat.

Un trône est renversé, nul n'a su le défendre...
Ah ! fallait-il du moins, imitant vos soldats,
Chercher en combattant un glorieux trépas !
La victoire ennoblit la plus injuste cause ;
La raison la meilleure est celle du plus fort,
Les vainqueurs l'ont toujours et les vaincus ont tort.
Mais trêve à nos regrets et parlons d'autre chose... »

Ici finit pour moi la conversation :
Dix heures ont sonné, je prends la faction.
Quel plaisir de veiller, surtout quand la nuit sombre,
Par un froid glacial, étend au loin son ombre !...
J'aime l'astre des nuits, l'astre du sentiment,
Dont le paisible éclat m'éclaire en ce moment.
Et vous, ô profondeur de la voûte éthérée,
J'oublie en vous voyant une épouse adorée !
Que d'autres, en leur lit mollement étendus,
Reposent à loisir leurs membres bien repus :
Mes yeux voudraient en vain s'éteindre en leur orbite ;
Tant que je suis soldat je veille en ma guérite.
Tout à l'ordre public, nul autre plus que moi
Ne comprend son devoir tel que le veut la loi.
Je vois tout, j'entends tout et j'observe en silence.
Mais j'aperçois au loin un fanal qui s'avance.

Je n'en saurais douter, c'est *la ronde-major*
Qui vient pour s'assurer si tout le monde dort.
Peine inutile... Allons, avertissons le poste,
Et que le brigadier soit prêt à la riposte.
Ah! messieurs, vous pensiez qu'à l'ombre de la nuit,
Vous viendriez à nous sans éclat et sans bruit!
Eh bien, détrompez-vous, car notre sentinelle,
Connaissant vos projets, se rit de votre zèle.
A vous bien recevoir nous sommes disposés :
Mais vous voilà, je pense, assez près avancés.
Arrêtez-vous un peu : répondez-moi : « *Qui vive!*
— *Patrouille,* » dites-vous, — attendez qu'on arrive...

Aussitôt averti, le poste tout entier
Occupe sur deux rangs la porte du quartier.
Le chef de bataillon qui commande *la ronde*
Reçoit *notre mot d'ordre* et compte notre monde,
En tout dix-sept présents, compris le *lieutenant,*
Absents zéro... « Fort bien, dit-il en nous quittant;
Je vous fais compliment, messieurs, de votre zèle,
Et veux sur mon rapport le citer pour modèle... »

Minuit avait sonné; mon service fini,
Je rentre à moitié mort et de froid et d'ennui.

Pour ranimer mes sens, de joyeux camarades
D'un punch bien petillant m'offrent maintes rasades.
Je bois à la valeur, je bois à nos succès...
Soudain d'un songe heureux éprouvant les bienfaits,
Ainsi qu'en nos beaux jours je voyais l'industrie,
La paix et les beaux-arts régner sur ma patrie.
Mon rêve avait tant l'air de la réalité,
Que je regrette encor mon sommeil agité!
A mon réveil, adieu la gloire et tous ses charmes,
Du soldat-citoyen j'ai déposé les armes :
Bien las, n'en pouvant plus, je reviens au logis...
C'est ainsi tous les mois que je sers mon pays[1].

1. ÉTAT-MAJOR DE LA GARDE NATIONALE.

« Mon cher camarade,

« M. le maréchal a lu avec le plus grand plaisir la pièce de vers que vous avez bien voulu lui envoyer, et il me charge de vous adresser à ce sujet ses remercîments et ses félicitations.

« La manière dont vous employez vos loisirs au corps de garde doit vous consoler d'y être appelé quelquefois, et elle donnerait envie à ceux qui vous lisent de solliciter pour vous des tours de service extraordinaires. On ne le fera pas par sentiment de justice et dans la crainte qu'un *second dîner manqué* ne donne à votre verve une allure moins aimable que celle qu'elle a su prendre à l'occasion d'une première contrariété de ce genre. Il est bon, d'ailleurs, de ménager le dévouement à la chose publique et l'exactitude toute militaire dont vous savez faire preuve et qui ne sont pas votre seul genre de mérite.

« Recevez, mon cher camarade, mes bien sincères compliments.

« JACQUEMINOT. »

Paris, 11 mai 1833

XVI.

QUATRIÈME BOUTADE.

Un jour que j'éprouvais le besoin de médire,
Je lisais de Boileau la dixième satire.
Mais ce qu'il dit d'un sexe adorable et trompeur,
Je l'ai lu si souvent que je le sais par cœur.
Où trouver, me disais-je, une histoire émouvante,
Quelque sujet piquant qui m'inspire et m'enchante?
Dans les arts, quelquefois, les péchés capitaux
Offrent à nos regards de ravissants tableaux.
Si, pour en essayer, j'esquissais quelque vice,
La paresse ou l'orgueil, l'envie ou l'avarice?
Qu'en dites-vous, lecteur? Eh bien, va *pour l'orgueil,*
Tant pis si pour ma muse il devient un écueil!

Il me semble déjà que j'entends la critique
Faire un procès sanglant à ma verve caustique!
Corriger un travers commun à tant de gens,
C'est prendre, comme on dit, la lune avec les dents.

Riez si vous voulez, messieurs les bons apôtres;
Maintenant je vous tiens et je n'en veux pas d'autres!
Vous croyez qu'il suffit, pour nous en imposer,
D'être arrogants et fiers, enfin de tout oser?
Aujourd'hui qu'on connaît toutes vos fariboles,
Personne n'y croit plus, pas même à vos paroles.
Vous vous dites : *A beau mentir qui vient de loin.*
Mais de l'état civil, sans bruit et sans témoin.
L'on court ouvrir le livre où chacun peut connaître
Vos noms, vos qualités, le lieu qui vous vit naître.
Quant aux titres pompeux qui flattent votre orgueil,
Il faut y renoncer, en faire votre deuil,
S'ils ne sont relatés dans cet affreux grimoire.

Or de *monsieur Timon* je vais conter l'histoire.
Son père, esprit étroit et plein de vanité,
Par le scrutin un jour fut nommé député.
Protégé d'un ministre à ruser fort habile,
On le disait issu d'une illustre famille.

Mais je le donne en cent, devinez le métier
Qu'exerçait son aïeul? *Il était charpentier.*
Sans doute vous direz : Cette histoire est un conte.
Eh quoi! le trisaïeul de monsieur le vicomte,
De monsieur le baron des Ruisseaux du Gourier,
Était un vil manant, un affreux roturier?
La chose est impossible! Écoutez la chronique;
Elle n'est pas de moi, mais elle est authentique.

L'an mil six cent dix-sept, sur un vaisseau du roi,
Partait un pauvre diable, honnête homme, ma foi.
Il quittait à regret le beau ciel de Provence,
Berceau de sa famille et lieu de son enfance,
Et le sort, que souvent il implorait en vain,
Semblait le convier en un pays lointain.
Habile, intelligent dans l'état qu'il exerce,
Il se livre aussitôt aux chances du commerce.
Le sucre est à bas prix, les noirs valent autant,
Il en vend en achète à beaux deniers comptant.
La plaine *des Ruisseaux,* de si vaste étendue,
Doit être avec ses noirs prochainement vendue;
Il faut pour l'acheter de nombreux capitaux,
Et pour la cultiver de grands et longs travaux.
Chacun à cet effet consulte son pécule.

Mais il en est plus d'un qui s'effraye et recule...
C'est encor lui, l'heureux favori de Plutus,
Qui vient de l'acquérir par cent vingt mille écus.

Voilà comment Timon devint millionnaire;
Il conserva longtemps son esprit débonnaire;
Mais le jour qu'il se vit armateur de vaisseaux,
Il prit pour s'anoblir le nom de des Ruisseaux!
Telle est des parvenus la morgue ou l'insolence,
Qu'on voit toujours en eux les hommes de finance.
L'intérêt qui domine en tout temps, en tout lieu,
L'argent est tout pour eux, c'est leur unique Dieu.
A quoi bon leur parler d'une gloire importune?
Ils estiment le monde au prix de la fortune.
Mais les gens comme il faut n'ont jamais ce travers;
Ce n'est qu'avec les sots qu'ils prennent de grands airs.
C'est en vain qu'on voudrait leur ravir leur prestige;
Ils ont pour les guider ces mots : *noblesse oblige ;*
Et lorsqu'un noble orgueil étincelle en leurs yeux,
C'est l'orgueil d'un beau nom légué par leurs aïeux!

Mais pourquoi censurer une vaine faiblesse?
La mort, qui ne connaît ni grandeur ni noblesse,
Mit du grand financier l'existence à néant,

Et Timon s'en alla Gros-Jean comme devant.
Dès qu'il sentit sa fin imminente et prochaine,
Il rassembla ses fils, qu'il reconnut à peine;
Puis leur remit ces vers qu'on lit sur son tombeau,
Dernier vœu d'un mourant aussi simple que beau :
« Ci-gît un ouvrier natif de la Provence.
A force de travail et de persévérance,
Il sut avec le temps amasser des trésors :
Imitez sa conduite et ses nobles efforts[1] ! »

C'est assez de Timon évoquer la mémoire!
Le temps, qui détruit tout, détruira son histoire;
Et ses petits-enfants, devenus grands seigneurs,
Oublieront quelque jour ses pénibles labeurs :
Et pourtant c'est avec son immense héritage
Qu'ils ont acquis depuis tant d'honneurs en partage.
Héritiers aujourd'hui du nom de des Ruisseaux,
S'ils comptent moins d'amis que d'intimes vassaux,
Ils peuvent avouer hautement, j'imagine,

1. C'est dans la biographie de la Chambre des députés de 1827, dite *Chambre introuvable*, que j'ai découvert cette petite histoire. Bien qu'il ne s'agisse ici que d'une question de *vanité*, je n'en tairai pas moins le nom du personnage et celui du département qui l'a nommé.

Qu'ils ont eu pour auteur de leur noble origine
Un modeste artisan travaillant au chantier,
Lorsque *Pierre le Grand* fut jadis *charpentier!*

Voilà comment, lecteur, dans le siècle où nous sommes,
Il faut de leurs travers corriger certains hommes!

XVII.

SOUVENIR DE COLLÉGE.

BAPTÊME DE MONSEIGNEUR LE DUC DE BORDEAUX.

1821

. . . .
. . . .

J'entrai, au mois d'octobre 1820, à l'association des anciens élèves de la communauté de Sainte-Barbe[1], rue des Postes, n° 34, dont *MM. Nicolle* et *Parmentier* étaient directeurs. La classe de troisième, dans laquelle je débutai, était une des plus fortes et des plus nombreuses du collége Saint-Louis, dont la pension suivait alors les cours, car elle se composait de soixante-dix élèves. Je me souviens que dans

1. Aujourd'hui collége Rollin.

les deux premières compositions, l'une en version et l'autre en vers latins, j'obtins la septième place, de sorte que je figurai dès le début parmi les bons élèves de ma classe.

Vers la fin de l'année 1821, Sainte-Barbe ayant été érigée en collége communal, nous n'avions plus à suivre les cours du collége Saint-Louis. J'étais alors en seconde et notre professeur se nommait M. Porret. Parmi les élèves de ma classe dont j'ai conservé les noms, je citerai particulièrement MM. F***, aujourd'hui directeur du Crédit foncier, de L***, ex-ambassadeur en Turquie, et F***, conseiller d'État, avec lequel j'ai eu plus d'une fois des discussions qui se terminaient d'ordinaire par les coups *de poing de l'amitié*, comme le dit spirituellement M. Scribe, à qui le *Théâtre de Madame* a dû sa prospérité pendant tout le temps de la Restauration.

AIR : *de la Robe et des Bottes.*

Quand des pensums j'avais le privilége,
Toi, tu passais pour piocheur assidu :
Dans tous nos jeux, moi j'étais au collége,
Toujours battant et toi toujours battu !
Il m'en souvient, ma mémoire fidèle,
Malgré vingt ans, ne l'a point oublié,

Avec plaisir, toujours on se rappelle
Les coups de poing de l'amitié[1].

Malgré tous les bons soins dont nous étions entourés, car chaque élève avait sa chambre particulière, je trouvais néanmoins une si grande différence avec la vie que j'avais menée dans ma famille, que j'ai toujours eu beaucoup de peine à m'habituer au régime de la pension. L'éducation moralé et religieuse dès ce temps-là était parfaite à Rollin, et je dirai à cet égard ce que je pense encore aujourd'hui, c'est qu'il n'y a jamais d'inconvénient à chercher à développer dans l'esprit de la jeunesse le germe de ces sentiments religieux qui aident plus tard à supporter les peines et les mécomptes de la vie. Que de fois, au milieu de mes folies de jeunesse (car à vingt ans l'on dépense la vie comme un trésor inépuisable et qui ne doit jamais finir!), combien de fois me suis-je trouvé heureux de pouvoir me rappeler les leçons du collége, ainsi que les bons conseils de notre aumônier et ami M. l'abbé Faudet? Il me semblait, en vérité, que je devenais meilleur dès l'instant que je mettais le pied dans une église; et

1. *La Quarantaine.*

lorsque, prosterné humblement, j'avais adressé au Seigneur cette simple prière du calife :

> Je t'apporte, ô mon Dieu, seul être illimité,
> Tout ce que tu n'as point dans ton immensité :
> Les défauts, les regrets, les maux et l'ignorance...
> Mais je pouvais encore ajouter l'espérance.

Une grande solennité religieuse s'accomplissait dans le courant de l'année 1821... le baptême de monseigneur le duc de Bordeaux. Cette circonstance fut une bonne aubaine pour les colléges de Paris, qui obtinrent à cette occasion plusieurs jours de congé. Sur la désignation des professeurs, plusieurs élèves furent choisis dans chaque classe [1] pour célébrer le baptême du jeune prince en vers latins. Je me rappelle encore cette invocation au bon *saint Michel,* par laquelle je terminais ainsi ma pièce de vers :

> *Tu vero, Michael, quo felicem auspice vitam,*
> *Est puer ingressus, superis de sedibus adsis;*
> *Respice crescentem, invigila cunabula circum :*
> *Nec se degenerem patrio unquam sanguine præstet.*
> *Sit divus Lodoix pietate, sit alter amore*
> *In populum Henricus, quondam et melioribus annis,*
> *Virtutes habeat miseri, non fata, parentis!*

1. En rhétorique MM. *Boistel* et *Lottin*, en seconde *Tripier* et *Désaux*, et en troisième *Dumas* et *moi*.

« Et toi, saint Michel, sous les auspices duquel le jeune prince est entré dans la vie, protége-le du haut des cieux ! veille sur son enfance, autour de son berceau, afin qu'il ne soit pas indigne du sang de ses ancêtres. Qu'il soit un *saint Louis* par sa piété, un *Henri IV* par son amour envers le peuple ! afin qu'un jour, dans des temps meilleurs, il ait les vertus de son père et non sa triste destinée ! »

Vœu stérile ! car neuf ans après, semblable au dernier rejeton de la famille des Stuarts, le jeune prince quittait la terre de France pour s'en aller en exil avec toute sa famille ! Il paraît, du reste, que mes vers latins furent trouvés assez bons, puisqu'ils me valurent, de la part de mes supérieurs, des éloges qui s'adressaient plutôt à ma jeunesse qu'à toute autre chose.

« J'atteste qu'il a été décerné à l'élève *** une médaille frappée à l'occasion du baptême de S. A. R. monseigneur le duc de Bordeaux. M. *** a mérité cette récompense en composant sur le baptême une pièce de vers latins qui a été lue publiquement à la distribution des prix du collége royal de Saint-Louis; il la méritait aussi par son travail soutenu et son excellente conduite.

« DEFAUCOMPRET,

Préfet des études. »

Collége Rollin, 10 mai 1821.

FIN DES FABLES.

VERS

QUI M'ONT ÉTÉ ADRESSÉS PAR MES AMIS,

ET QUI TERMINENT CE VOLUME.

XVIII.

A MONSIEUR ***.

Je suis flatté, monsieur, plus que je ne puis dire,
Du mot charmant que vous m'avez écrit :
Écrire en vers prouve qu'on sait écrire,
Et vos vers sont marqués au bon coin de l'esprit.
Je voudrais, à mon tour, sûr de votre indulgence,
Converser entre nous comme on fait entre amis.
Mon cœur y gagnerait, et mon intelligence,
Oubliant un moment les travaux, les soucis
De ma profession, que j'aime autant qu'un autre,
Verrait jaillir au contact de la vôtre

8.

Peut-être encor quelques brillants éclairs.
La poésie, hélas! est une folle amante
Qui nous fuit, emportant dans les plis de sa mante,
Quand l'âge nous étreint, nos rêves les plus chers!
Faut-il donc soupirer après cette infidèle?
Eh! non! bon gré, mal gré, sachons nous passer d'elle.
Le temps n'est plus où, les yeux grands ouverts
Et le cœur abusé de rêves qu'on oublie,
Nous narguions du destin les caprices divers!
Ils ont fui sans retour ces jours pleins de folie!...
Aujourd'hui, croire, aimer, souffrir : voilà la vie.
Sans doute vous l'avez éprouvé comme nous!
La vie avec son joug, avec sa lutte immense,
Tel est le but où nous arrivons tous!...
Mais pour nous soutenir nous avons l'espérance,
Cet immortel flambeau que Dieu, dans sa clémence,
A placé comme un phare entre le ciel et nous
Pour nous montrer combien tout est chimère,
Et rien que vanité dans ce monde éphémère...
Mais pourquoi m'élever sans rime ni raison
Au delà du réel, et dans un horizon
Où la pensée arrive obscure et tourmentée,
Comme si c'était peu de la vie agitée
Que mènent ici-bas tous les gens sérieux!

Pour occuper l'esprit revenons à la terre,
Et, d'un monde meilleur oubliant le mystère,
Vivons dans le présent, que nous connaissons mieux.

D***

XIX.

A MONSIEUR ***.

Merci, cent fois merci de vos vers séduisants.
Dites-moi, s'il vous plaît, le nom de votre muse,
Et de quel charme elle use,
Pour inspirer de tels accents.
Non, jamais autrefois le cygne d'Ausonie,
L'amante de Phaon, l'amoureux de Lesbie,
Qui tous enchantaient l'univers,
Ne firent d'aussi jolis vers.
En les lisant tout haut, j'entends à mon oreille
La voix du plaisir qui s'éveille,
Comme si j'écoutais la lyre d'Amphion.
C'est une tendre mélodie

Qui va s'insinuant dans mon âme ravie,
Et la remplit d'émotion.
Quand vous parlez de ma naissance,
Combien je vous sais gré de votre bienveillance!
Mais vous péchez par complaisance,
En disant que je pris jour au sacré vallon,
Et que je suis de céleste origine...
En nous lisant tous deux, aisément on devine
Que vous seul entre nous êtes fils d'Apollon.
Je le dis sans rougir, je le dis sans mystère,
Je serais tout au plus bâtard de votre père.
Ce me serait encor, ma foi, beaucoup d'honneur,
Si vous daigniez, monsieur, un jour appeler frère
Votre sincère admirateur.
Si jamais un tel nœud nous lie,
Croyez qu'il me sera bien doux!...
Peut-être qu'en vivant dans votre compagnie
Je deviendrai digne de vous...

D[r] D***.

XX.

À MONSIEUR ***.

A votre lettre je voudrais
Répondre en vers; hélas! je n'ose!
La prose a pour moi mille attraits,
C'est sitôt fait! Vive la prose!
Sous moi le coursier d'Apollon
Se révolte : en vain j'éperonne
Ses flancs et ma verve bouffonne,
Botte à botte, arçon contre arçon,
La froide prose me talonne.
Rimons pourtant... L'on dit parfois
Que la fortune aime l'audace,
J'oserai... Tant pis si ma voix

Fait bondir les dieux du Parnasse!
J'espère que si leur rigueur
Refuse au novice rimeur
Le beau feu que leur souffle allume,
Vous voudrez à l'*ami Pierrot*,
Pour vous écrire en vers un mot,
Prêter, cher oncle, votre plume...
Il fait grand vent et j'ai tué le temps...
Depuis qu'un métier monotone
Dans une cité berrichonne
M'enchaîna pour quelque deux ans,
Je persiste à punir le crime,
A rassurer les bons... et puis
A savourer la joie intime
D'oublier ceux que j'ai punis.
Avec Pothier je me console
Du temps que l'on perd au parquet.
Je retrouve en mon cabinet
Les plaisirs enfuis de l'école.
D'un gros volume in-octavo
Je prépare la masse énorme;
Notre siècle est brouillon, il faut
Quelque remède qui l'endorme.
Et tandis que dans mon tiroir,

S'empilent du matin au soir
Les feuillets que je lui dédie,
Jeanne regarde en son miroir
Sa taille sans cesse arrondie...
L'ami qui de notre métier
Instruisit ma tendre jeunesse,
Mon chef, mon fidèle E...ier,
Du parquet est nommé l'abbesse.
On dit que jeudi dans nos murs
Il paraîtra, ça n'est pas sûr.
Chacun va bien, et si Dufaure
Nommait *Charles*... puis s'en allait,
Et si le roi (plus bas encore)
Faisait l'opposé, — tout serait
Pour le mieux dans le meilleur monde...
Mais ma muse s'épuise, adieu!
Je dois borner là ma faconde.
Qui veut rimer bien, rime peu.
A plus tard la fin de l'histoire.
L'amour-propre aidant, j'aime à croire,
Que c'est un chef-d'œuvre de goût,
De poésie, et que partout
L'esprit, à coup sûr, y petille.
Mais prenez garde, en y touchant,

De faire choir quelque cheville;
Tout croulerait en un instant!
Soyez auprès de notre tante
Notre interprète chaleureux.
Pour moi, pour Jeanne impatiente
De vous embrasser, tous les deux,
Je signe d'une main tremblante
Le pire des rimeurs, mais non pas des neveux...

***

XXI.

NOTES D'AUDIENCE.

Récidiviste! moi! quelle horreur! Ah! mon crime
Fut le vôtre, mon oncle, et vos vers m'ont perdu.
Fidèle à mon serment, ennemi de la rime,
Fruit aux magistrats défendu,
Je suivais sans remords la grand'route du Code,
Route austère et sans ombre... Au coin d'un chemin creux,
Vous m'attendiez, mon oncle, et la langue des dieux
Sur vos lèvres berçait la molle période
De ses refrains harmonieux.
Dans le sentier des vers je vous suivis; pardonne,
O Thémis, aujourd'hui si j'y reviens encor,
Et si, plus doucement que ta voix monotone,

La langue d'Apollon berce mes rêves d'or.
Ou plutôt, non... Thémis, ne cherche pas querelle
Au blond souverain des rimeurs.
Je vais dire en mes vers ta sagesse immortelle
Et tes salutaires rigueurs.
Ma voix n'exprimera que des ardeurs permises,
Tout pour toi, tout par toi, trop jalouse Thémis!
Plein de l'austère feu dont s'embrasent tes fils,
Je vais chanter la Cour d'assises!...
Ding! ding! La Cour, messieurs! —Tous les fronts à l'instant
Se découvrent... Déjà monsieur le président
Étale en son fauteuil son auguste volume.
Le greffier, débonnairement,
Aiguise son canif et retaille sa plume.
Le parquet en ses flancs comprime avec effort
La tempête qui déjà gronde;
L'avocat du regard le fronde;
Le juré, qui craint leur faconde,
« Soupire, étend les bras, ferme l'œil et s'endort. »
Un accusé paraît : que l'heure est solennelle!
Qu'a-t-il fait? Sur son front le crime en traits de feu
Se lit... c'est un profond scélérat... oui, parbleu!
Sur un chemin public il a cherché querelle
Au passant attardé pour lui *chipper trois sous !*

Trois sous, le misérable! On va pour sûr le pendre..,
Trois sous sur un chemin! Mais le jury plus tendre
L'acquittera, rassurez-vous.
Sur quelque tableau moins horrible
Reposons nos regards : ce coupable à l'œil vif,
Pour Cupidon plein d'un zèle excessif,
Agaça de Thémis la pudeur susceptible.
Travaux forcés! — D'un ton poli,
Le président dit : « Monsieur le coupable,
On vous donne trois jours pour vous pourvoir.—Merci,
Monsieur le président, vous êtes trop aimable. »
Le tableau s'assombrit et de ma verve, hélas!
Le flot tarit. Tout n'est pas rose
Ni folâtre dans nos débats,
Et je ne sais pleurer qu'en prose...
Les débats sont clos. De tout cœur
Le parquet en cette occurrence,
Recommande à votre clémence...
Les condamnés? Non... mais l'auteur!

***

XXII.

HOMMAGE A DIEU!

Vous êtes, seigneur Dieu, l'auteur de toutes choses.
Dans votre majesté nul cœur ne vous comprend.
Pour vouloir expliquer les effets et les causes,
Notre esprit est trop faible, et vous êtes si grand!

Où trouver des accents pour chanter vos louanges?
Ma bouche à l'essayer s'épuise en vains efforts.
L'univers seul emprunte aux doux concerts des anges
Les notes qu'il exhale en merveilleux accords.

Océan, mers sans fond, cieux qui bornez l'espace,
Et vous, riants vallons, clairs ruisseaux, fleurs des prés,

Étoiles de la nuit, phares que l'aube efface,
Chantez au Créateur vos cantiques sacrés.

Tandis que ma raison devant lui s'humilie,
Le monde entier s'émeut : et les cieux et les mers,
Partout versent à flots des torrents d'harmonie,
Pour rendre témoignage au Dieu de l'univers.

Et que pourrait ma voix dans ce concert immense?
Je ne suis que néant, moi, malheureux pécheur...
Néant! Mais j'ai le cœur plein de reconnaissance,
Je vous l'offre à genoux : acceptez-le, Seigneur!

D***.

XXIII.

LE SOPRANO.

FABLE.

Vous, un hibou, monsieur? allons donc, quel blasphème!
Quand on a votre voix,
Quand on chante si bien, qu'on possède à la fois
Tous les dons réunis pour le bonheur suprême
Des héros de nos bois;
Vous, vouloir vous cacher au fond de quelque ornière,
Fuir et le monde et la lumière,
Disparaître et vous taire,
Vous faire ermite en quelque trou!
En vérité, c'est être fou!
Pour vous prouver ce que j'avance,
Je veux vous raconter une fable à mon tour.

Une fable, souvent, en dit plus qu'on ne pense...

Dans le fond d'une vieille tour,
Vivait morose et solitaire
Un *soprano* de premier brin,
Que le dépit et le chagrin
Avaient mis en colère.
Trois fois sur le théâtre il avait débuté,
Mais, des sifflets méchants à la fin dégoûté :
« Au diable, avait-il dit, cette sotte séquelle!
Que la peste l'étouffe et j'en serai content!
Foin de ce populaire, imbécile irritant! »
Puis, faisant ses paquets et s'armant de courage,
Il s'était relégué loin du bruit, de l'orage,
Dans son vieux coin tout seul,
Triste comme un linceul.
Cependant il chantait lorsque venait l'aurore;
Lorsque venait le soir, il roucoulait encore;
Si bien qu'un jeudi soir un voisin l'entendit
Et se dit,
En se frottant l'oreille :
« Quel organe enchanteur! vrai, c'est une merveille!
Je n'en ouïs jamais, je crois, une pareille! »
Ces mots lancés, notre voisin

S'en vient, un beau matin,
Trouver le malheureux ermite;
Et dès sa première visite,
S'en retourne enchanté tout droit devers Paris,
Engage mon chanteur pour un excellent prix,
Lui fait abandonner son pitoyable gîte,
Le couvre d'un superbe habit
Et le conduit partout... On l'entoure, on l'invite,
Le voilà désormais qui grandit, qui grandit...
Et qui jusqu'au pinacle arrive tout de suite.
Cet Orphée inconnu, monsieur, c'était *Nourrit!*

N'allez donc pas dans la retraite
Ensevelir votre talent.
Chantez, chantez, charmant poëte,
La gloire est là qui vous attend!

D[r] ***.

XXIV.

LE DOCTEUR D***.

A peine si je puis disposer d'un moment,
Tout mon monde est malade;
Je m'en vais donc de l'un à l'autre incessamment,
Prescrivant du bouillon ou de la limonade,
Faisant à celui-ci quelque rude algarade
Pour son maudit entêtement,
A celui-là disputant sa panade
Qu'il veut manger gloutonnement.
Ah! quel affreux métier! que de sollicitude
Il faut au pauvre médecin!
Que d'efforts pour cacher la sombre inquiétude
Et l'éternel souci qui lui ronge le sein!

Avec autant d'ennuis tâchez donc d'être aimable!
En attendant que je sois plus dispos,
Et que Dieu m'ait ôté la douleur qui m'accable,
Je veux pourtant vous dire quelques mots,
Charmant auteur, de votre fable.
J'y retrouve partout cette facilité,
Cet esprit, ce bon goût de notre temps si rare;
Ce mordant délicat, cette causticité,
En termes malséants qui jamais ne s'égare...
Et je soutiens en toute vérité
Que, quand on joint la grâce à la malignité,
On devrait de ses vers se montrer moins avare.
Ce n'est pas d'aujourd'hui pour la première fois
Que j'apprécie en vous ce talent que j'admire,
Cet art de bien penser, cet art de bien écrire,
Que je voudrais aussi posséder; mais je dois,
Quels que soient mes regrets, loyalement vous dire,
En preuve de ma bonne foi,
Que les riants sommets du Parnasse où j'aspire,
Accessibles pour vous, ne le sont plus pour moi!
Apollon que j'ennuie, Apollon que j'outrage
Par mes vers décousus, aura-t-il la bonté
De rendre à mon cerveau, d'où l'esprit déménage,
Quelque peu de vigueur et de lucidité?

J'en doute... et cependant je ne perds pas courage!
Qui sait si quelque jour, en dépit de mon âge,
La Muse, dont jadis j'ai chanté la beauté,
Ne viendra pas par charité
Me visiter dans mon triste ermitage!
Mais à quoi bon de vaniteux souhaits?
Pourquoi vouloir que désormais
Le destin satisfasse un désir ridicule?
Quand le fardeau des ans sur mon front s'accumule,
Il faut savoir finir.
Alcide en cheveux blancs n'est plus le jeune Hercule!
Le passé fut aux vieux, aux jeunes l'avenir!
« Tu sais, me disait hier mon vieil ami Lajare,
L'histoire de R***? — Je la sais. — Qu'en dis-tu?
Le fait est aussi drôle, heureusement, que rare;
L'approuves-tu? — Moi? non! quand on s'est revêtu
Des façons d'un galant auprès d'une cliente,
Fût-elle princesse ou servante,
Il me paraît chose peu convenante,
De lui prendre à la fois son or et sa... vertu! »

Dr D***

XXV.

LE MAGOT.

FABLE.

Avez-vous vu, sur une cheminée,
Ces magots en carton qui vont toute l'année,
Tantôt penchant du côté droit,
Tantôt penchant du côté gauche,
A la moindre taloche
De quelque gamin de l'endroit?
C'est pour moi le portrait de notre République.
Le plomb qui la soutient s'appelle un président.
Tant qu'il tient le milieu, tant qu'aucun accident
Ne l'amoindrit, ne le dérange,
Il peut garder un équilibre étrange.
Mais par des chocs mal combinés,

Si par malheur il se déplace,
Quoi qu'il dise et qu'il fasse,
Le magot tombe sur la place
Et se casse le nez.
Donc que le papa Thiers refléchisse et s'observe!
Il faut pour qu'il conserve
L'autorité qu'il veut avoir,
Sur la France indocile,
Dans un juste milieu parfois bien difficile
Se maintenir, sous peine de se voir
Choir.
Si par le fait d'une fortune adverse,
Perdant l'aplomb, il se renverse
Du côté gauche où sont les pétroleurs,
Les outranciers et les voleurs,
Tous ces gredins à l'air sinistre et sombre
Qui craignent le grand jour et se cachent dans l'ombre,
Les brigands et les scélérats
Qui font escorte à *Rabagas*,
Avec lui le pays succombe...
Et par sa faute un jour si dans la fosse il tombe,
Les plus habiles gens ne l'en tireront pas!

D[r] D***.

XXVI.

LE DOCTEUR ET LA MALADE.

Hélas! depuis trois ans tout au plus je suis née,
Et je me vois déjà des dieux abandonnée.
Chaque matin, à mon réveil,
Je sens un feu qui me dévore,
Mes jours sont pleins d'ennuis et mes nuits sans sommeil.
Vais-je donc succomber à peine à mon aurore?
Voyons, docteur, parlez-moi franchement;
Vous passez pour habile,
Qu'en pensez-vous?

LE DOCTEUR, se grattant l'oreille.

Le cas est difficile...
Si je parle sincèrement...

LA MALADE.

Oh ! pas de demi-mot, pas de ménagement.
Quoique femme, docteur, je suis d'âme virile.

LE DOCTEUR.

Vous l'exigez... D'autres assurément
Diraient que vous pouvez d'une longue existence
Entretenir la flatteuse espérance.

LA MALADE.

Mais vous?

LE DOCTEUR.

Je suis d'un avis différent.
Vous êtes née un tant soit peu difforme.
A la suite d'un accident...
Vous péchez par le fond autant que par la forme,
Vous mourrez donc bientôt...

LA MALADE, effrayée.

Ciel !

LE DOCTEUR.

J'en suis convaincu :
Les monstres n'ont jamais vécu[1] !

1. La malade n'est autre que la République. Comme on la dit en danger de mourir, les bons petits amis Clément L... et John L... se séparent d'elle, pour aller lui chanter à l'avance un *De profundis*... Ainsi soit-il.

D^r D***.

XXVII.

EXTRAIT

DU DICTIONNAIRE PHILOSOPHIQUE DE VOLTAIRE.

On lit dans le *Dictionnaire philosophique* de Voltaire, au mot *Gouvernement,* ce qui suit. Il semble que ces lignes ont été écrites à propos des événements qui viennent de se passer sous nos yeux.

« Un aigle gouvernait tout le pays d'Ornithie. Il est vrai qu'il n'avait d'autre droit que celui de son bec et de ses serres ; mais enfin, après avoir pourvu à ses repas et à ses plaisirs, il gouvernait tout aussi bien qu'un autre oiseau de proie.

« Dans sa vieillesse, il fut assailli par des vautours affamés, qui vinrent du Nord désoler toutes les provinces de l'aigle. Parut alors un chat-huant, né dans un des plus chétifs buissons de l'empire, il était rusé; il s'associa avec des chauves-souris, et tandis que les vautours se battaient contre l'aigle, notre hibou et sa troupe entrèrent habilement en qualité de pacificateurs dans l'aire qu'on se disputait. L'aigle et les vautours, après une assez longue guerre, s'en rapportèrent à la fin au hibou, qui avec sa physionomie grave sut en imposer aux deux parties. Il persuada à l'aigle et aux vautours de se laisser rogner les ongles et couper le petit bout du bec pour se mieux concilier ensemble.

« Avant ce temps, le hibou avait toujours dit aux oiseaux : « Obéissez aux vautours; » et il leur dit bientôt : « Obéissez à moi seul. » Les pauvres oiseaux ne surent à qui entendre, et furent plumés par l'aigle, le vautour, le chat-huant et les chauves-souris. »

Voilà un fabliau à faire rétablir la statue du prince Eugène sur le boulevard Voltaire.

XXVIII.

L'AIGLE ET LE CHAT-HUANT.

En dépit des complots de la démocratie,
Un aigle gouvernait l'empire d'Ornithie.
On pouvait demander en vertu de quel droit,
Mais qui donc eût osé jaser à son endroit?
En voyant son gros bec et sa serre tranchante,
Chacun des Ornithains reculait d'épouvante.
D'ailleurs, sans être un monarque parfait,
Il n'était pas méchant; et quand il avait fait
Ses trois repas par jour, visité ses maîtresses,
Au milieu des plaisirs dépensé ses richesses,
Il se montrait bon prince à tous ses courtisans;
Les rois en ont toujours... Des amis complaisants

Célébraient à l'envi son mérite et sa gloire,
Et lui prophétisaient un grand nom dans l'histoire,
De sorte que notre aigle avait imaginé
Qu'il était le talent, le génie incarné;
Qu'il pouvait tout vouloir, ou la paix ou la guerre,
Et tout comme César commander à la terre !...
Son peuple ailé parfois avait bien murmuré,
Son émoi cependant n'avait jamais duré.
D'un geste il avait su le contraindre à se taire,
Tant s'arrête aisément la vague populaire,
Quand on sait l'endiguer dès le premier moment.
D'ailleurs beaucoup d'oiseaux, instruits pertinemment
Que contre un roi quelconque on a toujours à dire,
Le soutenaient, de peur de n'en avoir qu'un pire.
C'était donc un heureux et puissant souverain!...
Mais, hélas! quel mortel sait si le lendemain
D'un jour où le soleil se montre sans nuages
Ne sera pas pour lui plein de vents et d'orages?...

Certains vautours du Nord, jaloux de ses succès,
De son orgueil croissant redoutant les excès,
Sous le prétexte vain d'une sotte querelle,
Avides de butin, vinrent à grand bruit d'aile,
Comme une vaste mer, envahir ses États.

Éperviers et faucons se pressaient sur leurs pas :
Pygargues, balbusards, griffons, condors, orfraies,
Milans, laniers, grand-ducs, hulottes et frésaies,
Chouettes, hobereaux, hiboux, émérillons,
Se serraient autour d'eux en nombreux bataillons.
Plus loin volait un corps de chevêches, d'ormuses,
D'innombrables busards et plus encor de buses ;
Des corbeaux affamés, en nombreux escadrons,
Croassaient sur leurs flancs et débordaient leurs fronts;
Écorcheurs accouraient suivis de crécerelles,
Et ces bandits des airs à leurs instincts fidèles,
Sur ses tristes sujets s'abattant à la fois,
Ravageaient, dépeuplaient et leurs champs et leurs bois ;
Et, joignant sans pudeur les attentats aux crimes,
Avec férocité déchiraient les victimes.
Et que pouvaient contre eux les pauvres Ornithains ?
Surpris et terrassés, sans guides, et certains
Qu'ils tenteraient en vain d'appeler à leur aide,
Subissant un malheur désormais sans remède,
Ils combattaient pourtant malgré leur désespoir,
Et tombaient sans pâlir, victimes du devoir.
Si de leurs ennemis, enivrés de vengeance,
Quelques-uns invoquaient la pitié, la clémence,
Leur criant : « Arrêtez et suspendez vos coups !

Vous êtes cent contre un ! assez, épargnez-nous ! »
Redoublant de fureur, de rage et d'insolence,
Ceux-ci leur répondaient : « Mourez ! pas d'indulgence,
Nous nous affranchissons d'un code trop étroit :
La force est avec nous, qu'elle prime le droit ! »

Pendant que se passaient ces scènes désolantes,
Quand l'aigle détrôné, les ailes pantelantes,
Palpitant de remords, de honte, de douleur,
Implorait à genoux son farouche vainqueur ;
Quand des meurtres sans fin commis avec furie
Ensanglantaient le sol de la triste Ornithie ;
Quand, malgré les efforts de ses fils généreux,
Sous des excès sans nom tout croulait devant eux ;
Quand, pour mettre le comble à toutes les misères,
Des frères égarés luttaient contre leurs frères ;
Quand la guerre étrangère et civile à la fois
Dévastait ses guérets, incendiait ses bois...
Quand tout disparaissait dans un désastre immense,
Un certain *chat-huant* de chétive apparence,
Mais habile et rusé plus que n'est un renard,
Sur le sombre horizon promenait son regard,
Attendant savamment le moment de paraître,
Et par un coup hardi de s'imposer en maître.

Il parlait aisément et souvent parlait bien,
Il avait la vertu de ne douter de rien;
Il savait comme il faut flatter les populaces,
Et, le moment venu, prendre toutes les faces.
Mais il fallait, avant d'accomplir son dessein,
Avec attention observer son terrain,
Et ne pas s'exposer par un excès de zèle.
Certes l'occasion était tentante et belle.
Pourtant qu'adviendrait-il de lui, chétif oiseau,
Si quelque mal-appris, ne fût-ce qu'un corbeau,
Devinant ses projets, dans sa juste colère,
Allait à coups de bec le forcer à se taire?
Il était pacifique et n'aimait pas les coups.
Du peuple il connaissait et craignait le courroux,
Il fallait s'abriter d'abord de la vengeance.
Comment faire? Il rumine, il médite, il balance...
Enfin, après avoir scruté tous les moyens,
« *Euréka!* se dit-il, j'ai trouvé, je les tiens! »
Et, ne consultant que son héroïque audace,
Il prend un air vainqueur, vole, franchit l'espace...
Et, quand laniers, condors et milans factieux
Se disputent leur proie, il paraît à leurs yeux,
Il leur fait un discours, les émeut, les étonne ;
Il pleure, il se lamente, on l'écoute, on frissonne.

Chacun baisse la tête... Attendris et honteux,
Un enragé busard, un faucon, et puis deux,
Et puis quinze, et puis vingt, et puis enfin cent mille,
Acclament de leurs cris le palabreux habile.
On l'entoure, on l'embrasse en disant : « Sauvez-nous!
Un seul peut le vouloir, et celui-là c'est vous!
— Moi! je ne suis, hélas! qu'une bête innocente,
Que le fils oublié d'une race impuissante!
Moi!... mais songez-y donc, le plus faible de tous
Pourrait, s'il le voulait, m'immoler. — Non! non! vous!
— A vos désirs enfin il faut que je me rende.
S'il me faut accepter une charge si grande,
C'est bien!... mais laissez-moi vous dire avec respect :
Rognez-vous à l'instant et la serre et le bec.
Puisque nos champs enfin vont devenir tranquilles,
A quoi bon désormais ces armes inutiles,
Ces instruments de mort dont on peut abuser,
Dont l'oiseau le plus sage, hélas! peut mésuser?
J'ai là précisément d'excellentes cisailles,
Et dans le même sac d'admirables tenailles,
Venez... Je veux moi-même opérer sans douleur... »
On demeure surpris... Certain faucon rageur
Peut-être allait tout haut exhaler sa colère,
Lorsqu'un vieil écorcheur, à coup sûr un compère,

Promenant sur la foule un long regard suspect,
Au tranchant des ciseaux vient présenter son bec.
On applaudit... partout on se presse, on s'excite;
C'est à qui désormais obéira plus vite :
On se hâte si bien que, dès les premiers jours,
Plus de bec aux milans, plus de serre aux vautours.
Alors se redressant dans sa petite taille,
Le chat-huant, en sceptre élevant sa cisaille,
Prenant un air superbe et plein de majesté,
Dit à tous les oiseaux d'un ton d'autorité :
« Un peuple sans un chef est chose ridicule,
Un peuple sans un chef s'amoindrit et s'annule;
Mais pour qu'il puisse faire exécuter ses lois,
Faire accepter la règle et respecter ses droits,
Le chef doit être armé... Quiconque ici m'écoute
Ne peut à cet égard avoir le moindre doute.
— Mais qui donc sera chef? — Moi, dit-il d'un ton sec,
Car moi seul ai ma serre et moi seul ai mon bec.
Dixi... Tout mon discours en trois points se résume :
Mes bons petits oiseaux, silence, ou je vous plume! »

FIN.

TABLE DES MATIÈRES

CONTENUES DANS CE VOLUME.

FIN DE LA TABLE.

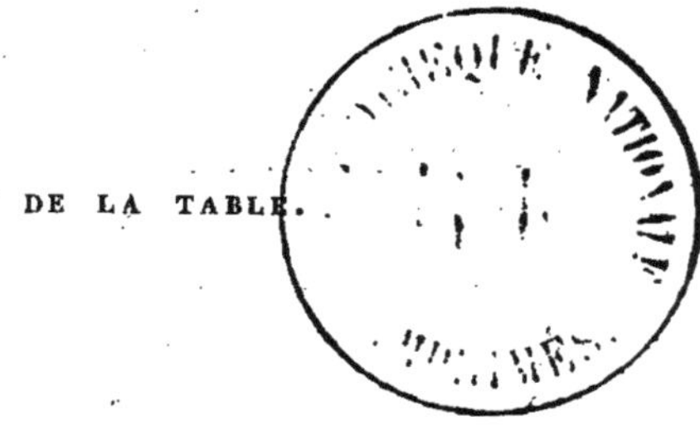

PARIS. — J. CLAYE, IMPRIMEUR, 7, RUE SAINT-BENOIT — [1440]

www.ingramcontent.com/pod-product-compliance
Ingram Content Group UK Ltd.
Pitfield, Milton Keynes, MK11 3LW, UK
UKHW021038230726
13926UKWH00004B/1539

9 782014 072570